los TiPOS MALOS

en

EL ATAQUE DE LOS ZOMBIGATITOS

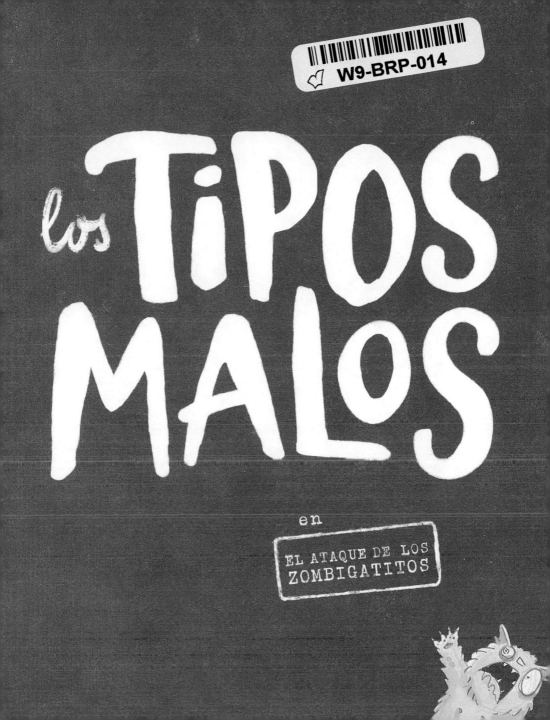

ORIGINALLY PUBLISHED IN ENGLISH AS
THE BAD GUYS IN ATTACK OF THE ZITTENS

TRANSLATED BY ABEL BERRIZ

TEXT AND ILLUSTRATIONS COPYRIGHT © 2016 BY AARON BLABEY
TRANSLATION COPYRIGHT © 2019 BY SCHOLASTIC INC.

ALL RIGHTS RESERVED. PUBLISHED BY SCHOLASTIC INC., *PUBLISHERS SINCE 1920.*
SCHOLASTIC, SCHOLASTIC EN ESPAÑOL, AND ASSOCIATED LOGOS ARE TRADEMARKS AND/OR REGISTERED TRADEMARKS OF
SCHOLASTIC INC. THIS EDITION PUBLISHED UNDER LICENSE FROM SCHOLASTIC AUSTRALIA PTY LIMITED.
FIRST PUBLISHED BY SCHOLASTIC AUSTRALIA PTY LIMITED IN 2016.

ISBN 978-1-338-56602-4

4 2021

PRINTED IN THE U.S.A.   23
FIRST SPANISH PRINTING 2019

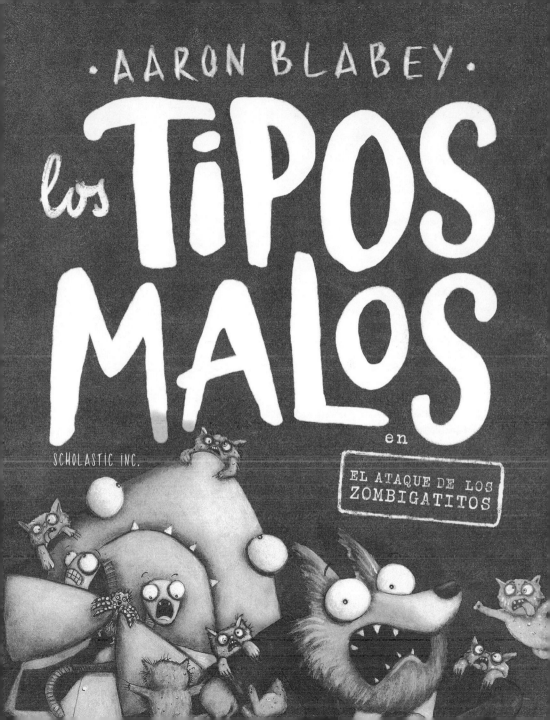

EMISIÓN DE EMERGENCIA • EMISIÓN DE EMERGENCIA • EMISIÓN DE E
¡INVASIÓN DE GATITOS ZOMBIS!
ATAQUE DE ZOMBIGATITOS
Buenas tardes.
Si queda alguien allá afuera, escuchen atentamente, por favor…
TRISTINA CHISMERA
CANAL 6

El científico multimillonario loco,
DR. RUPERTO MERMELADA,
ha desatado un ejército de gatitos zombis...
comúnmente conocidos como
ZOMBIGATITOS...

MERMELADA:
EL ROSTRO DEL MAL

¡y
NADIE ESTÁ A SALVO!

¡CRAS!

Hasta nuestro estudio de televisión ha sido **RODEADO.** No estoy segura de cuánto tiempo más estaremos al aire, pero les diré lo que sabemos…

Los zombigatitos son peluditos y súper lindos, pero también son **ABSOLUTAMENTE MORTÍFEROS.**

No se equivoquen, ¡los zombigatitos **INTENTARÁN COMÉRSELOS!** Pero hay algunas cosas que pudieran ayudarlos a escapar…

CONSEJOS PARA SOBREVIVIR AL APOCALIPSIS DE LOS ZOMBIGATITOS

Primero: muchos de ellos usan **CASCABELES**. SI ESCUCHAN UN DULCE CASCABEL…

¡CORRAN Y ESCÓNDANSE!

Segundo: **NO LES GUSTA EL AGUA**. El agua es su mejor **DEFENSA**. Realmente los irrita y hasta puede que los haga alejarse.

Y, finalmente: se distraen fácilmente con **BOLAS DE ESTAMBRE**. Si se encuentran con un zombigatito, lanzarle una bola de estambre puede ser su mejor oportunidad para **ESCAPAR**.

Sin embargo, si se encuentran con una **MANADA DE ZOMBIGATITOS**, nada de esto los salvará.

¡ESTO NO PINTA BIEN!

Si los atacan una manada, solo hay una cosa que hacer:

¡CORRAN TAN RÁPIDO COMO PUEDAN!

¡CRAS!

¡Oh, no! ¡Ya están aquí!

¡MIIIAAUUGGRRRRR!

TRISTINA CHISMERA,

reportando
para el Noticiero
del Canal 6.
Como pueden ver…

la situación es

MUY,
MUY
MALA…

Solo
recuerden:
podría ser
peor…

¡¿PEOR?!

BIEN, suficiente.
Opino que
les lancemos
al lobo para que
los demás
podamos
escapar.

¡Dejen de moverse!
¡Están haciendo que
el agua de la piscina
inflable se derrame!

¡Sí, déjalo ya,
Sr. Culebra!
¡Esa agua es lo único
que se interpone entre
nosotros y esos diminutos
monstruos carnívoros!

Bueno, *tú* deberías
saberlo todo sobre los

DIMINUTOS MONSTRUOS CARNÍVOROS,

¿no es cierto?

Mira quién habla,
¡EL SEÑOR DEVORO-RATONES-Y CUALQUIER-OTRA-LINDA-Y-PEQUEÑA-MASCOTA!

¡Dejen eso, chicos!
No olviden
quiénes somos:

¡EL CLUB DE LOS TIPOS BUENOS!

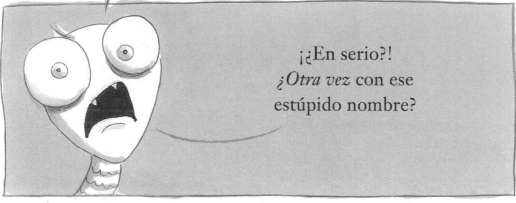

¡¿En serio?!
¿*Otra vez* con ese
estúpido nombre?

Lo siento. Quise decir…

UNA-ESPECIE-DE-LIGA INTERNACIONAL-DE SUPERHÉROES, y nunca

huiríamos de una pelea como esta,
¿no es así?

Bueno... esto nos da otra oportunidad de ser increíbles, ¿no?

ESTÁ BIEN. Cambié de idea. Lancémosles al lobo.

¡No, no, escuchen! **EL DR. MERMELADA**, ese diminuto y podrido conejillo de Indias multimillonario, creó este ejército de zombigatitos por una única razón...

¿Qué razón?

Para que pudiéramos derrotarlos y decir:

"¡TOMA ESA, DR. MERMELADA!".

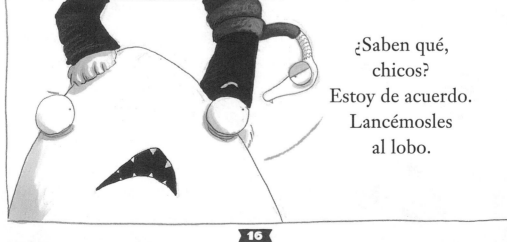

¿Saben qué, chicos? Estoy de acuerdo. Lancémosles al lobo.

¡No, esperen!
Creo que
escucho algo…

No trates de
protegerlo.
El Sr. Lobo
necesita
"ser un héroe" por
última vez…

Shh, Resbaloso.
¿Qué escuchas, Patas?

¡¿Acaso suena como las garras de un zombigatito *abriéndole un agujero a la piscina*?!

¡PLOP!

No. Más bien suena como…

¡Es la Agente Zorra!

Me alegra verlos, caballeros.
¡Suban a bordo!

¡Nos salvó otra vez!

Sí. Salvados por una
chica. *Dos veces.*
Esto es vergonzoso.

¡¿*Vergonzoso?!*
¿Qué te pasa, chico?
¡Tenemos suerte de conocer a una señorita fuerte y valerosa!

Sí. Tenemos. Suerte…

Ay, por favoooor…

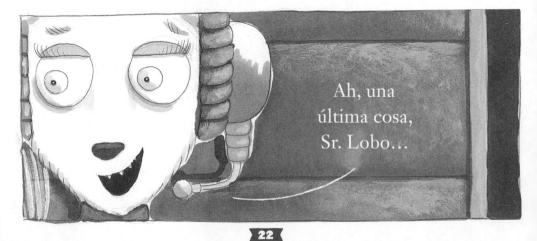

Ah, una última cosa, Sr. Lobo…

• CAPÍTULO 2 •

DOS LUGARES A LA VEZ

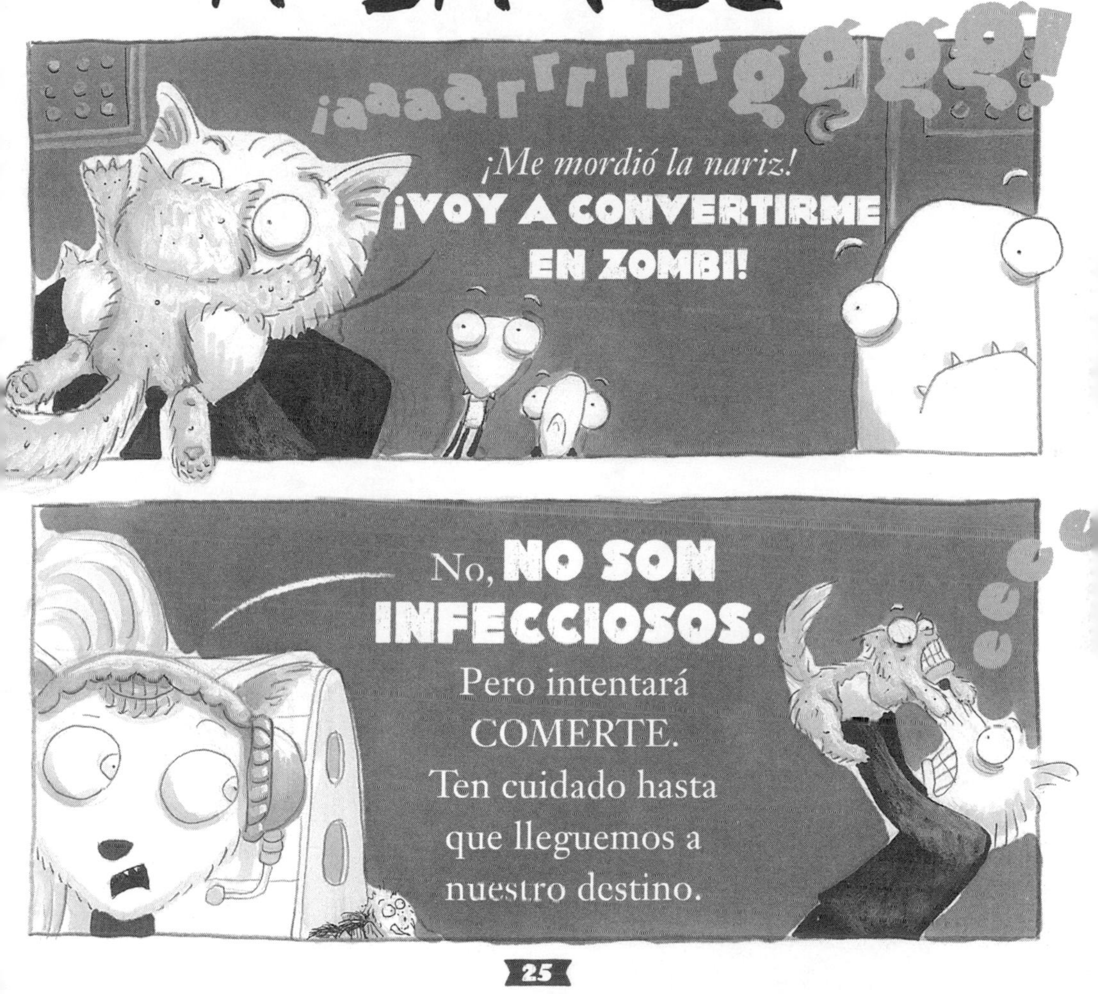

Caballeros, conozco a alguien que podría ayudar con esta situación de los zombigatitos. Su nombre es

ABUE QUINGOMBÓ,

y, si le llevamos un zombigatito vivo, quizás ella pueda crear un

ANTÍDOTO

y todos vuelvan a ser gatitos normales.

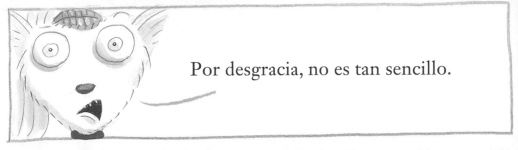

Por desgracia, no es tan sencillo.

Nunca lo es.

Necesito llevarle este zombigatito a **ABUE QUINGOMBÓ**.

Pero *también* necesito vigilar al

DR. MERMELADA.

El problema es que... no puedo estar en dos lugares a la vez.

Así que, Sr. Tiburón, Sr. Piraña...

¿Sí?

Necesito la ayuda de ustedes.

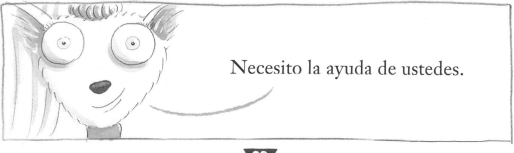

¿Por qué la nuestra?

Porque ustedes dos pueden **NADAR**.

He logrado localizar a Mermelada en una isla

a unos ochenta kilómetros de **COSTA RICA**.

Necesito que naden hasta allí, a escondidas,

y lo mantengan vigilado.

Y, espero que no les importe,

pero les recomiendo

usar un **DISFRAZ**.

¿Importarnos?
Acabas de alegrarme
el día. Cuenta conmigo.

Este…

¿Sr. Piraña? Pareces preocupado.
¿Está todo bien?

Eh, puede que tenga un
pequeño problema, señorita…

¿Qué?

Soy un pez de agua dulce.

¿Y?

Se supone que no debería nadar en el océano. Puede ser fatal para mi estómago.

¡¿Estás bromeando?! ¿Qué tiene de bueno ser un pez si no puedes meterte en el agua?

No digo que no pueda.
Solo que no soy muy dado
al agua salada, hermano.

¡ERES UN *PEZ*!

¡Un pez *DE AGUA DULCE*!

A ver si lo entiendo… Tú y Moby Dick aquí presente *CAMINAN FUERA DEL AGUA* como si fuera lo más normal del mundo, ¡¿pero te preocupa que te caiga

UN POCO DE AGUA SALADA EN LAS AGALLAS?!

Hum, yo también me estaba preguntando cómo hacían para caminar fuera del agua…

pero puedo seguir viviendo
con esa duda…

No te preocupes, Piraña.
Te llevaré a salvo hasta esa
isla. Y, que quede claro, si
queremos caminar
fuera del agua…

CAMINAMOS FUERA DEL AGUA. ¿ENTENDIDO?

Como quieras. Pero no dejes que le caiga agua salada a esta florecita de agua dulce...

¡BASTA YA!
¡ME VOY A COMER A ESA ORUGA HORRIPILANTE!

¡Oooigan! Tranquilícense, amigos. La Agente Zorra puede escucharlos. Intenten calmarse un **POCOO...**

OOOOOOOOO, ¡mi cara! ¡Quítenmelo de encima!

Sí, seguro, Lobo. Intentaremos calmarnos. Igual que tú.

Patas, comienza el descenso.
Sr. Tiburón, esta es tu parada.
Sr. Piraña,
es tu decisión…

Lo haré, señorita. Puede contar conmigo.
¡Ese conejillo de Indias no se nos escapará!

Bien por ti, Piraña.
Te tendré en mis pensamientos.
¡Y espero que no
te a-**SAL**-ten!

¡OOOooOH!
YO TE VOY A
ENSEÑAR,
SACO
PODRIDO DE...

¿Saco de *qué*?

Déjalo ya, Culebra. ¡Agente Zorra! Estamos a tu servicio. Y quiero que sepas que el zombigatito de Abue Quingombó está en **BUENAS MANOS.**

Cierto. Es un idiota.
Pero es *nuestro* idiota.

· CAPÍTULO 3 ·
ABUE

A sus órdenes, Agente Zorra...

Patas, mantente cerca. Te contactaré cuando sea el momento de recogernos.

Cuídense mucho, chicos.

Gracias, Patas. Pero... ¿Agente Zorra?

Este es el

ALMACÉN DE ABUE QUINGOMBÓ.

Bueno, debo advertirles que Abue es un *poco*… rara. Así que es mejor que me dejen hablar a mí…

Sí, sí. Como tú digas. Oye, mira, está abierto… ¡OIGA! ¡SEÑORA! ¿DÓNDE ESTÁN LA LECHE Y LAS GALLETITAS?

¡AGARRA!

Vaya, ¡mira quién está
armando jaleo en mi recibidor!
¡Una dulce y deliciosa

LARVA!

¡ÑAM, ÑAM, ÑAM, ÑAM!
¡Te voy a COMER!

Oh, cielos…

Oh, seguro que vas a saber muy bie…

bie… baah… bAAAH…

¡AAAAHHH…

AAAAAA AHHHHH…

Pero, ¿por qué traes un **CHUCHO** a mi casa? ¡Sabes que soy alérgica a los perros!

Lo siento, Abue. En realidad esperaba que...

Oh, no importa, ¡porque también me trajiste un aperitivo!

¡Espera
un momento!
¿Dónde están
mis dientes?

En mi cara, Abue.

Devuélveme mis trituradores, Chucho.

Abue,
perdona que interrumpa,
pero, ¿recuerdas cuando
hablamos de encontrar un

ANTÍDOTO
PARA
LOS GATITOS
ZOMBIS?

¿Antídoto?
¿Qué antídoto? ¡Ah!
¡¿Para *esta* cosa?!

¡CLARO QUE
ME ACUERDO!

De hecho, tengo mi pócima especial cocinándose ahora mismo…

Maravilloso, Abue.

Ahora solo necesito una pizca de este **PELAJE**…

¡SPLAS!
¡SPLAS!

¡Sostén esto!

El problema es que…

¡MUERDE!

para terminar mi antídoto, ¡necesito un chorrito de

VENENO DE CULEBRA!

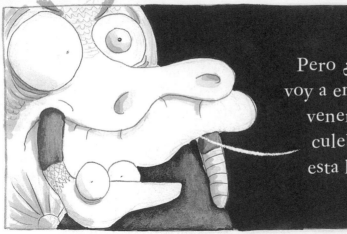

Pero ¿dónde voy a encontrar veneno de culebra a esta hora?

Bueno...

¡*Lobo!* No te atrevas...

Cierra el pico, Larva. ¿Qué me decías, Chucho?

Creo que encontrarás todo el veneno que necesitas ahí mismo en esa... larva, Abue.

¡Bueno, mira tú! Creo que tienes razón. Esta culebra rastrera de ojos maliciosos puede servir...

Escucha lo
que te voy a
decir…

CALLA, niño.
Quédate quieto.

Un momento, señora.
*¡¿Ha sido usted entrenada
profesionalmente
por un veterinario para
extraer veneno?!*

· CAPÍTULO 4 ·
el MAESTRO DEL DISFRAZ

Vamos, abre los ojos…

Ohhh…
Bien, me rindo.
¿Por qué estás
disfrazado de unicornio?

¡¿Qué?! Oh, perdón. Espera…
Déjame cambiar el ángulo…

¡TA-TÁN!

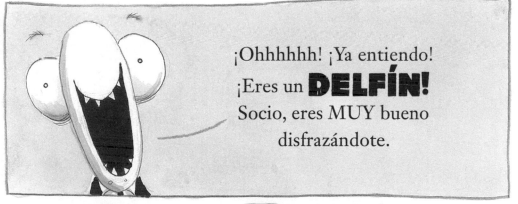

¡Ohhhhhh! ¡Ya entiendo!
¡Eres un **DELFÍN**!
Socio, eres MUY bueno
disfrazándote.

¡No, no, no, no! ¡¿Chico, por qué estás **DESNUDO**?!

¿Cuándo has visto a un delfín con ropa?

Bueno… nunca.
Pero creo que estás pasando mucho tiempo con esa araña sin pantalones,

PATAS.

Esa es *mi* opinión…

SUPÉRALO YA, amiguito. ¡Soy libre como un delfín y **ME ENCANTA!**

Sé que me voy a arrepentir por preguntarte esto, pero, ¿qué haces con **UNA PECERA** en la cabeza, chico?

Así mismo. Cuando termine contigo, **NADIE** nos va a reconocer. Vamos a encontrar a Mermelada, y a **TI** no te va a caer ni una gota de agua salada.

¡Me niego a andar desnudo, chico! ¡No lo haré!

Cálmate y ponte esto. Se nos acaba el tiempo.

MINUTOS DESPUÉS...

Esto es humillante, socio.
Nadie se lo va a creer...

¿Tú crees?

¡Oigan, chicos! Me gustaría llevar a
Martita, mi mascota, a ver

donde vive un conejillo de Indias
espeluznante, pero no estoy seguro
de dónde queda.
¿Saben ustedes dónde está?

Nunca vuelvas a dudar
de mis disfraces.

Nunca más,
hermano.
Lo juro.
Nunca
más.

· CAPÍTULO 5 ·
el ANTÍDOTO

¿Qué...?

¿Qué pasó?

Hola, Sr. Culebra. Me alegra ver que te sientes mejor. Fue muy generoso de tu parte donar un poco de veneno. Abue está muy agradecida.

Ah, bueno. ¡Si TÚ lo dices,

PAYASO ENAMORADO,

entonces SEGURO que es verdad!

A lo mejor podríamos
pedirle a Abue que lo machacara
otra vez, *je, je, je…*

Debo disculparme por Abue.
Sus métodos son

BASTANTE PECULIARES,

pero te lo juro, Sr. Culebra:
ella es un genio.

74

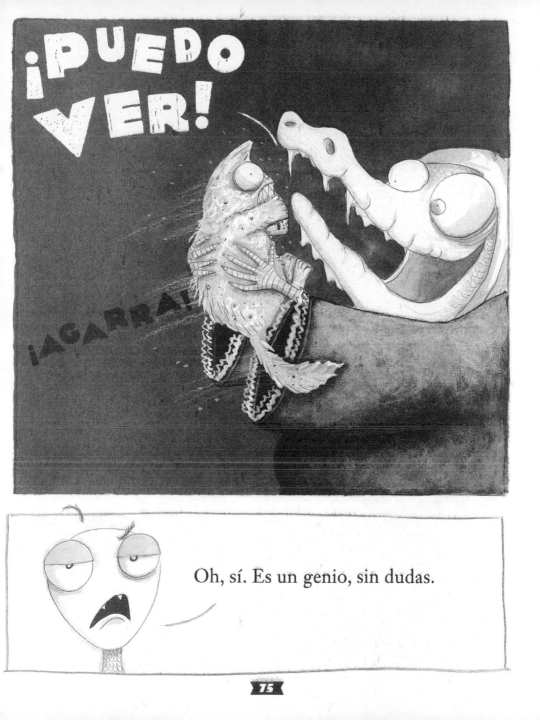

Oh, sí. Es un genio, sin dudas.

Cierra el pico, Larva,
y alcánzame una de esas
bolas de estambre.
¡Es hora del *show* de la
Abue Quingombó!

¡Vaya! ¿Por qué tienes
tanto estambre, Abue?

Lo hago con
el pelo de todos los
perros que
ME COMO.

Pensé que eras alérgica a…
los perros…

Sí, pero
son tan
SABROSOS
que no puedo
evitarlo.

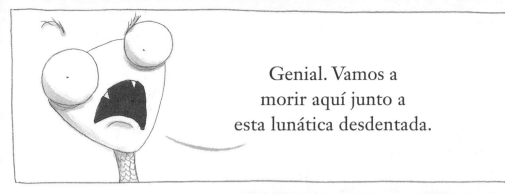

Genial. Vamos a
morir aquí junto a
esta lunática desdentada.

Resistan,
caballeros.
Abue, llegó la hora...

¡De acuerdo! Chucho,
¡AGARRA!

¡Caracoles! ¡Funciona!

¡*Eres* un genio, Abue!

¡PEDO!

¿Qué dijiste?

Siento aguarles la fiesta, pero si salimos allá afuera, esas cosas nos van a descuartizar antes de que podamos lanzarles una bola de estambre. Hay

MUCHAS... DEMASIADAS...

Opino que carguemos el

MUCHACHOTE

y salgamos a dar una vuelta.

¿Qué les parece?

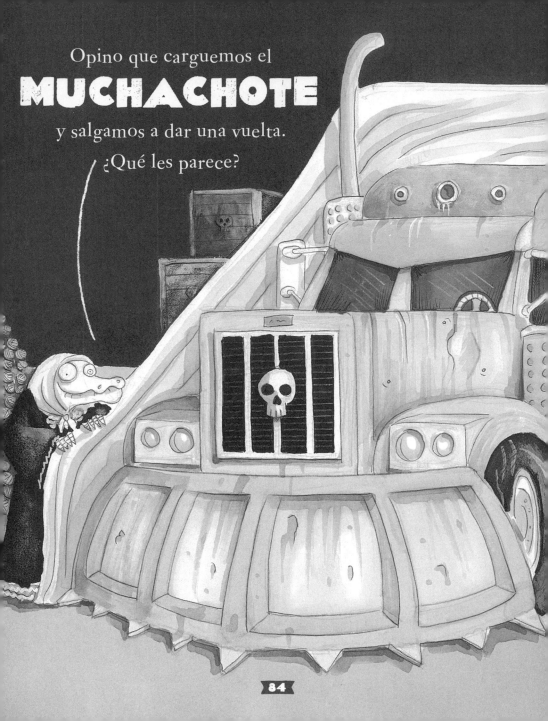

• CAPÍTULO 6 •

PROBLEMAS EN LA ISLA
DEL CONEJILLO DE INDIAS

¡Ahí está la isla, chicos!
¿No es *genial*?

Vaya, ¡esos delfines
son tan lindos y
amistosos!

Sí.

Sin embargo, aún me siento raro viéndolos desnudos. No tenemos playas nudistas en Bolivia, hermano.

Lo sé. Es una costumbre del océano. Ya te acostumbrarás. ¿Puedes ver algo?

No, chico. Me preocupa que hayamos llegado tarde. La isla parece desierta. Tal vez... espera un segundo...

¡MIRA!

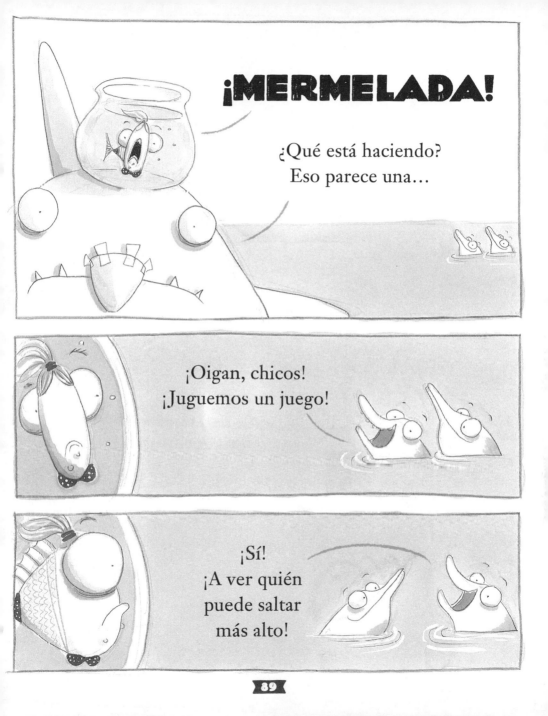

Oh, oh. Tengo la impresión de que deberíamos...

¡BUUUUM!

¡Ay, caramba!

¡¿Qué fue *ESO*?!

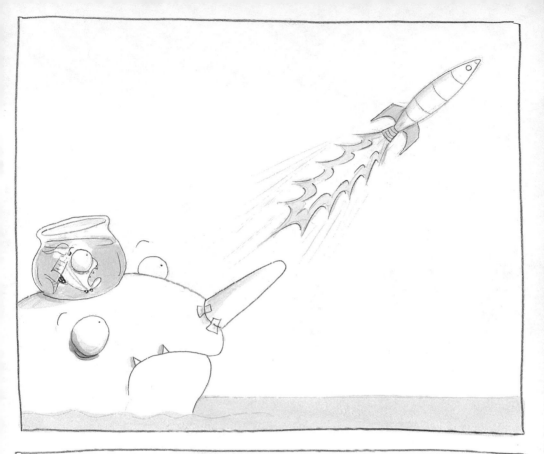

¿A dónde
crees
que va...?

CAPÍTULO 7

TODOS A RODAR

BUE QUINGOMBÓ

RBAS Y POCIONES NATURALES

Muy bien, caballeros.
¿Estamos todos listos?

¡Casi! Solo tengo que
ajustar estas almohadas…

¿Qué estás haciendo, Lobo?

Somos los TIPOS BUENOS, ¿recuerdas? No queremos LASTIMAR a ningún gatito. Queremos **SALVAR** a todos los gatitos.

Estos **COJINES** y **ALMOHADAS** garantizarán que ninguno sea lastimado… mientras vayamos a toda velocidad.

Sí.

Esa es la tontería más grande que he escuchado. Haces que un camión espectacularmente genial luzca ridículo.

Esa es solo la opinión de una culebra. Yo pienso que luce muy bien.

Si "muy bien" significa "tonto", entonces sí, luce "muy bien".

¡Dejen la cháchara y suban al camión! ¡Es hora de ponerse en marcha!

Recuerden, chicos: yo **CONDUZCO EL CAMIÓN**, ustedes **LANZAN EL ESTAMBRE**. Allá afuera hay **MILES** de zombigatitos, así que no será fácil. Pero, si alguien puede lograrlo, somos nosotros.

¡Eres increíble! Quiero decir… te amo… Quiero decir… creo que eres la chica más genial… Quiero decir… sí… no… sí.

¡Son demasiados!

¡Tú nos metiste en esto!
Sigue lanzando…

Chicos, ¿me escuchan?

Sí, Agente Zorra.
¿En qué podemos
ayudarte?

Los zombigatitos
se han esparcido
más de lo que
pensábamos.
Tenemos que encontrar
la manera de
**LANZAR EL
ESTAMBRE
MÁS LEJOS**.

¿Ah, sí?
¿Y qué
sugieres que
hagamos?

No te preocupes,
Agente Zorra.
Algo se me
ocurrirá.
Por cierto,
hoy luces
encantadora…

Gracias,
Sr. Lobo.

¡Qué **ASCO!**

¡LOBO Y ZORRA!
¡A LA SOMBRA DE UN ÁRBOL!
¡B-E! ¡S-Á-N!
¡D-O! ¡S-E!

¡Shh!

¡RELLLUNA!

Espera un momento.
¡Se me ocurre...

una
IDEA!

Parece que unas cuantas.

¡Oooooh! ¡Miren esa

JUGOSA Y ENORME LARVA!

Me está dando un poco de hambre...

Oigan, gatitos...

¿Última voluntad, Lobo?

Agente Zorra…

¿En serio?
¿Tanto te gusta?

¡No, mira!

¡AGENTE ZORRA!

¡Y mira quién más viene!

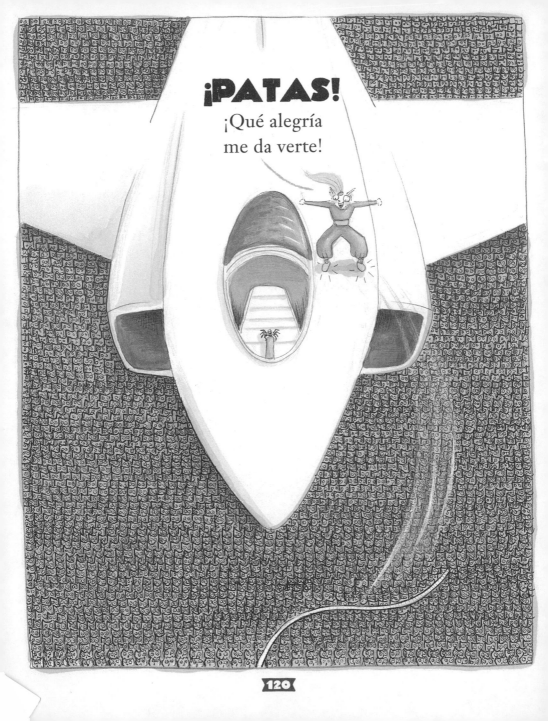

Muy bien, con esto debería bastar. Ahora… pongámosle fin a este disparate, ¿de acuerdo?

· CAPÍTULO 8 ·
TIPO MALO

¡Hola a todos!

Escuchen con atención, porque tengo un mensaje especial, ¡solo para **USTEDES!**

Ante todo, felicitaciones por sobrevivir la **PRIMERA FASE** de mi pequeño plan.

¡¿Primera fase?! No me gusta como suena eso…

Cierto, una cosa son algunos gatitos.

¡Pero imagínense si tuviera un arma TAN poderosa que pudiera transformar a **TODAS LAS CRIATURAS LINDAS Y PELUDITAS DEL PLANETA** en un **ARMA BABEANTE DE DESTRUCCIÓN!**

¡¿No sería GENIAL?!

¡Está mintiendo! ¡No puede tener un arma como esa! Es imposible...

pueda ser
transformado
con solo halar
una palanca…

EN UN MALVADO, DIABÓLICO Y ABSOLUTAMENTE AGRESIVO...

¡ZOMBIPERRITO!

¡ZOMBICONEJITO!

¡ZOMBIPONI!

¡O ZOMBIDELFÍN!

¡TODO LO LINDO SE HA TRANSFORMADO EN UN MONSTRUO!

Ese es mi eslogan. ¡¿No es genial?! Espero que disfruten su último día en la Tierra. Ah, y a la

LIGA INTERNACIONAL DE HÉROES...

¡TOMEN ESA, PERDEDORES!

Ay, sí. Soy increíble.

Y, por cierto, si yo fuera ustedes me alejaría de todos esos gatitos, porque esta vez ningún antídoto **SOBRE LA FAZ DE LA TIERRA** podrá ayudarlos...

¡GRRIAUU! ¡GRRIAUU!

¡VENTAS! ¡VENTAS! ¡VENTAS! ¡VENTAS! ¡VENTAS!

Bueno, esto es todo, payasos.

Así que…

¡NOS VEMOS!

¡No quisiera estar en **SU PELLEJO!**

SUPERMERCADO

¡Y dicen que
YO estoy loca!

· CAPÍTULO 9 ·
UN POCO MÁS
DE LO ESPERADO

¡Chico! ¡Estamos acabados!

¡NO! ¡MIRA!

¡Me alegro de verlos, muchachos!

¡Patas! ¡Sácanos de aquí!

¡Chicos! ¡Muchas gracias, amigos míos! Pero, escuchen: todos están en peligro. Mermelada partió en un **COHETE**, y nuestros tontos amigos delfines se transformaron en monstruos y…

Ya lo sabemos.
Por cierto, bonito bikini.

No fueron solo los delfines, Sr. Piraña.
También los gatitos y los perritos
y todas las cosas lindas.
Me temo que el mundo está
perdido, a menos que…

A MENOS QUE
NOSOTROS
LO SALVEMOS.

Pero ¿cómo?
Ni siquiera sabemos dónde está el
RAYO LINDO-ZILA.

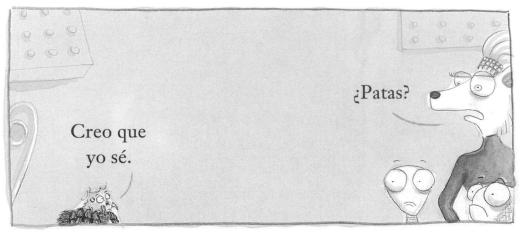

¿Patas?

Creo que
yo sé.

Bueno, la única manera
de que él pudiera usarlo sobre

**TODO EL
PLANETA**

era lanzándolo desde

EL ESPACIO...

Nosotros lo vimos abandonar el planeta en un cohete...

Muy bien. Bueno, solo hay un lugar donde podría aterrizar, ¿no es cierto?

Ay, Patas, tienes razón. El único modo de encontrarlo y destruir el arma es ir hasta...

¿Hasta dónde? ¿Hasta dónde tenemos que ir?

Sr. Piraña, tenemos que ir hasta…

¡la LUNA!

CONTINUARÁ...

SOBRE EL AUTOR

AARON BLABEY solía ser un actor espantoso. Luego escribió comerciales de televisión irritantes. Luego enseñó arte a gente que era mucho mejor que él. Y LUEGO, decidió escribir libros y adivina qué pasó. Sus libros ganaron muchos tipos de premios, muchos se convirtieron en *bestsellers* y él cayó de rodillas y gritó: "¡Ser escritor es increíble! ¡Creo que me voy a dedicar a *esto*!". Aaron vive en una montaña australiana con su esposa, sus tres hijos y una piscina llena de enormes tiburones blancos. Bueno, no, eso es mentira. Solo tiene dos hijos.